W0309101

Pour Thierry Murat
Rascal

Pour la grande Meredith
Louis

*« Allons, chapeau, capote,
les deux poings dans les poches et sortons ! »*
Arthur Rimbaud

Louis Joos a bénéficié, pour la réalisation de cet ouvrage,
du soutien du Centre national du livre.

© 2009, *l'école des loisirs*, Paris

Loi 49956 du 16 juillet 1949,
sur les publications destinées à la jeunesse.
Dépôt légal : septembre 2009
ISBN 978-2-211-09402-3

Mise en pages : *Architexte*, Bruxelles
Photogravure : *Media Process*, Bruxelles
Imprimé en Belgique par *Daneels*

Marilyn Rouge

Texte de Rascal
illustrations de Louis Joos

Pastel
l'école des loisirs

Un grand voyage à bord du Marilyn Rouge,
j'en rêvais depuis des années.
Marilyn Rouge,
c'est le nom du camion de mon oncle Michel.
Marilyn, c'est aussi le prénom de ma tante.
Tonton, il dit qu'il a deux Marilyn dans sa vie :
une blonde et une rouge.
Mais, la plupart du temps, il est avec la rouge.

Et, ce matin, c'est le grand jour !
Tonton et moi, on s'en va en Espagne.
1525 kilomètres… Sans le retour.
Quatre jours de voyage.
Rien que nous deux.
« Arrêtez d'embêter le gamin avec toutes vos recommandations.
Il n'est pas en sucre, votre petit Paul !
a dit mon oncle entre deux gorgées de café chaud.
Tout ira bien… Il n'a pas mis son manteau rouge :
il n'y a rien à craindre des taureaux ! »
« C'est plutôt du tonton que je crains un peu »,
qu'elle a répondu ma mère en blaguant !
Tonton Michel, elle le connaît depuis qu'elle est toute petite.
C'est son frère !

On a filé, comme deux voleurs,
avant les premiers embouteillages.
Dans le large rétroviseur,
j'ai regardé mes parents rapetisser jusqu'à disparaître.
«Faut d'abord passer à la pompe,
a dit Tonton tout en me passant un kleenex…
C'est que c'est pas la porte à côté, l'Espagne !
Va en falloir du gasoil, petit Paul.»
Pendant que Tonton faisait le plein à la pompe,
je suis allé aux toilettes de la station.
«On ne va pas s'arrêter toutes les cinq minutes !
Je te préviens, gamin.
Et tant que j'y suis, je ne veux pas entendre un seul
cestquandquonarrive ? avant la frontière espagnole.»

«Tu as étudié l'Espagne en géographie, Paul ?»
«Rien que la capitale. Si je me souviens bien, c'est Madrid.»
«Bravo ! C'est là qu'on se rend.»
«Et il y aura la mer, à Madrid, Tonton ?»
«La mer... à Madrid ?
Si la fonte des glaces s'accélère... Peut-être !»

Dans sa cabine, il a deux couchettes, mais pas de toilettes.
J'ai ma première carte d'identité en poche et mon sac de voyage.
Habits de rechange, brosse à dents, DS, trois bandes dessinées
et un recueil de poésies emprunté à la bibliothèque municipale.
Oncle Michel, je l'ai toujours appelé Tonton.
Il a deux ans de moins que ma mère.
Avec ma tante Marilyn, ils n'ont pas eu d'enfants,
alors ils m'adoptent de temps en temps, comme ils disent.
J'aime bien aller chez eux.
Je peux aller dormir bien plus tard qu'à la maison.
On mange des plateaux télé en regardant le foot sur Canal.
On chante des chansons au karaoké.

La route est si belle
En toute saison
Prends ton sac et partons
La route est si belle
En toute saison
…

On vient de passer l'ancienne frontière.
Le poste de douane est à l'abandon.
Pas un képi à l'horizon.
Barrières rouillées au garde-à-vous.
Des fleurs ont même poussé entre les pavés.
C'est quand même vachement bien l'Europe !

Un chien perdu a déboulé comme un météore.
Tonton a freiné brutalement, des dix pneus.
Le nez dans mon recueil de poésies, je voyageais dans mes pensées.
Nous sommes descendus dans une odeur de gomme
et il s'est avancé vers nous en remuant la queue.

«Tu veux bien d'un autre compagnon de voyage, Paul ?
Va falloir lui trouver un nom à présent.
Pour la laisse et le collier... on attendra ! »

Sur le coup de midi, on est allés casser la croûte chez Jeannine, avec “Madrid”.
Jeannine, c’est l’une des nombreuses cantines de Tonton.
Il y est connu comme le loup blanc.
Des bises et des poignées de main à toutes les tables.
«J’ignorais que tu avais un gamin et un chien…
On croit connaître les gens et toujours une part d’eux-mêmes vous échappe», a murmuré Jeannine en débarrassant nos assiettes.

ROUTE

On a évité Paris et pris les chemins de traverse.
La route est longue et peu à peu la nuit est tombée.
Des catadioptres en guise d'étoiles avec la lune
comme cible blanche tout au bout.
Tonton a éteint la radio.
Je vais rejoindre Madrid qui sommeille
dans la couchette du bas.
«Tu veux que je te raconte une histoire, gamin ?»

«Raconte-moi plutôt un secret, Tonton.»

Le ciel est, par-dessus le toit, – Si bleu, si calme !
Un arbre, par-dessus le toit, – Berce sa palme.

«C'est super beau, tu ne trouves pas, Tonton ?»
«Lu par toi, ça l'est encore plus !
Et comment il s'appelle, ton poète ?»
«Paul Verlaine…»
«Tu peux m'en lire un autre du même bonhomme ?»

Aux portes de la ville, Marilyn Rouge chauffe et Tonton s'échauffe !
«Va falloir s'arrêter au prochain garage avant la panne.»
Pendant que Tonton attend le diagnostic du mécano,
je m'amuse avec Madrid.
«Il y en aura au moins pour quatre heures de boulot»,
a dit l'homme en salopette bleue en sortant sa tête du moteur.

On a repris la route et on chante avec la radio
des chansons que l'on connaît presque par cœur.

Premier taureau espagnol en vue ! Olé !
À chaque fois qu'on en croise un nouveau,
en chair ou en enseigne,
nous crions des Olé ! Olé ! Olé ! dans la cabine.
Madrid nous accompagne en aboyant !
La lune patiente dans le ciel pourpre.

«Alors, cette seconde nuit ?»
«Bien mieux qu'à la maison, Tonton ! Et toi ?»
«J'ai peu dormi…

La faute à ton bouquin sur ces maudits poètes !
Mon préféré, c'est Rimbaud... Arthur Rimbaud !
En retard pour en retard,
il m'a même donné des envies de vagabonder...»

Elle est retrouvée.
Quoi ? - L'Éternité.
C'est la mer allée
Avec le soleil.